ABEL BERTIER

PREMIER LIVRE

DE FABLES

COULOMMIERS

LIBRAIRIE WEBER-BÉGUIN

—

1877

PREMIER LIVRE

DE FABLES

A MON PÈRE

A MA MÈRE

Chenoise, Octobre 1877.

ABEL BERTIER

PREMIER LIVRE

DE FABLES

COULOMMIERS

LIBRAIRIE WEBER-BÉGUIN

—

1877

PREMIER LIVRE DE FABLES

PROLOGUE

SOUS FORME D'UNE.

TRÈS-HUMBLE SUPPLIQUE
(En un rondeau dans le style de Monsieur Marot)

AUX DISCIPLES HEUREUX

DU TANT RENOMMÉ ÉSOPE, ESCLAVE PHRYGIEN

*la fontaine où le vieil Ysopet*
Jadis s'en fut jouant du chalumet,
Et par les dons d'une Naïade humaine
S'encouronna de mousse et de verveine,
Phèdre avec Jean ont pu boire à long trait.

Trop jeune suis, trop faible et malingret,

Pour y porter amphore ni lagène :

Seulement veux tremper mon gobelet

     A la fontaine.

Bon Florian, et toi, malin Viennet,

Heureux auteurs à la fertile veine,

Des bords fleuris du ruisseau d'Hippocrène

Ne repoussez le pauvre garçonnet :

Très-humblement à vous se réclame, et

A LA FONTAINE...

I

BÉBÉ OU DE LA FABLE.

———

Une morale nue apporte de l'ennui,
Le conte fait passer le précepte avec lui.
La F. (VI, 1.)

Bébé, qui, chez tante Lise,

Au péché de gourmandise

Sans réserve se livra,

Sentit sourdre en ses entrailles

Des orages, des batailles,

Des volcans, *et cætera*.

Et le pire de l'affaire

Fut qu'un vieil apothicaire,

Très-versé dans la matière,

Le lendemain ordonna

— Pour calmer tous ces bruits-là —

Deux grains d'ipécacuanha.

Vous voyez d'ici la tête

Que fait notre garnement :

Il pleure, et crie, et tempête,

Et déclare carrément

Que de ce médicament

Il ne veut au–cu–ne–ment.

Fort bien! c'est catégorique...

A quoi bon d'autres discours?

Sur vos lèvres, chers amours,

Le *veto* sera toujours

Un argument sans réplique.

« Oui, Bébé, oui, mon petiot,

L'apothicaire est un sot,

L'apothicaire est un âne.

Çà ! qu'on ne souffle plus mot

De drogues ni de tisane,

Et qu'on apporte au plus tôt,

Pour guérir notre malade,

Pain d'épice et marmelade

D'ananas ou d'abricot ! »

Vous devinez l'artifice :

Dans les flancs du pain d'épice

Le remède était logé,

Et Bébé... fut soulagé.

O moralistes ! ô sages !

O philosophes barbus !

Vénérables personnages,

Qui pourfendiez les abus

Dans de gros livres en *us*,

— Que personne ne lit plus ! —

Contre la bêtise humaine

Votre plus savant traité

Valut-il, en vérité,

Un seul vers de La Fontaine ?

Ce monde de six mille ans

Est encor peuplé d'enfants,

Est encore à la bavette.

Fi des beaux raisonnements !

La morale est imparfaite

Quand elle est sans agréments.

O moralistes ! ô sages !

Devant les doctes ouvrages

Que votre esprit enfanta

Quand l'homme, effrayé, recule,

Les fabulistes sont là

Pour lui dorer la pilule.

II

LE FOND DU SAC.

———

—— Eh ! quoi, chéri, toujours des pleurs ?

Toujours de grands chagrins dans ta petite vie ?

Allons, sèche tes yeux, conte-moi tes douleurs :

As-tu brisé ton sabre ? égaré ta toupie ?

Ou Mignon est-il mort, Mignon, l'oiseau charmant,

     Qui lançait au ciel si gaîment

     Sa ravissante mélodie ?

Et lui, l'œil plein d'éclairs et le cœur gonflé :

                         — Non !

J'ai toujours ma toupie, et mon sabre, et Mignon.

Mais, bon ami, la pièce blanche

Dont tu m'as fait cadeau, dimanche,

Quand je t'eus récité la fable du *Corbeau*,

... Tu sais bien ? qui tenait en son bec un fromage...

Eh ! bien, je ne l'ai plus. Je n'ai pas été sage !

Mais il m'a volé, l'homme, et cela n'est pas beau.

Il disait : « Aux marrons ! Place pour tout le monde !

« Approchez ! Aujourd'hui, je régale à la ronde,

« Pour dix sous (c'est pour rien !), tous les petits enfants

« Charmants.

« Marrons tout chauds et tout bouillants !

« Voyez comme ils sont gros, dorés, riants, friands ! »

Et moi, j'en pris un sac, et je donnai ma pièce.

Et puis, vois-les, tiens, ses marrons :

Ceux du dessus sont beaux et bons ;

Les véreux sont au fond cachés avec adresse.

Et j'embrassai l'enfant, et lui dis :

— L'autre jour,

Tu riais fort du vilain tour

Qu'au sot corbeau joua naguère

Le renard, ce rusé compère.

Ce maître Renard-là me semble le cousin

. Germain

Du marchand de marrons qui cause ta colère,

Et mon petit Henri pourrait bien être frère

Jumeau

De Sa Naïveté Monseigneur du Corbeau.

Tu savais son histoire, et n'en fus pas plus sage :

Au discours flatteur ou pompeux

D'un fallacieux personnage,

Vous avez perdu tous les deux,

Toi, tes dix sous, lui, son fromage.

Que ceci désormais te serve de leçon!

Ne te laisse plus prendre au doucereux langage

Des escrocs de toute façon,

Savants tendeurs de rêts, grands pêcheurs de poisson,

Habiles à surprendre un cœur honnête et bon

Aux mailles de leur verbiage.

Quand tu les entendras prodiguer leurs serments,

Vanter la pureté de leurs grands sentiments,

De leur amour pour toi faire un bel étalage,

Souviens-toi des marrons, et, flairant le micmac,

Demande à voir le fond du sac.

III

LE GRILLON ET LA FOURMI.

A MONSIEUR TRONET,
Mon premier et toujours cher maître.

Triste, et traînant avec peine
    Dans la plaine
Son pauvre corps accablé
Sous le dur fardeau de l'âge,
Un vieux grillon écloppé
Implorait du voisinage
L'aumône d'un peu de blé.
La fourmi laborieuse
Se trouva sur son chemin :
— Bonjour! fit-elle, joyeuse;

Où donc allez-vous, voisin?

— Je vais, dit le pauvre diable,

Où s'en va tout misérable

Que poursuit le noir destin.

J'étais trop heureux, naguère!

Quand la fortune prospère

Emplissait mon magasin;

Quand de ma tendre nitée

Le tumultueux essaim

Sautillait dans la feuillée,

Sans ambitieux dessein,

Je filais la trame aisée

De mon humble destinée,

Confiant d'un front serein

Au travail de la journée

Le bonheur du lendemain.

Vous le savez, ma commère,

Si jamais, mourant de faim,

Sur le seuil de ma chaumière

L'indigent gémit en vain...

J'eus toujours pour la misère

Un conseil et quelque grain.

Mais sur cette triste terre

Le bonheur est éphémère.

Aux longs jours de mon déclin

La tempête est survenue,

Et sur ma tête chenue

L'orage éclata soudain.

Sous le soc de la charrue

J'ai vu mon gîte détruit;

Mes fils (ma chère espérance!)

Sont tombés sans résistance

Au coup qui m'anéantit;

Et de ma modeste aisance

A l'indigence réduit,

Je sollicite aujourd'hui

De la publique assistance

Une larme à ma souffrance,

Un grain pour ma subsistance,

Un asile pour ma nuit.

2

La fourmi n'est pas prêteuse

(Chacun va le répétant),

Mais je sais qu'au fond, pourtant,

Elle a l'âme généreuse.

— Voisin, dit-elle, pourquoi

Ne frappiez-vous pas chez moi?

Vous savez qu'en ma chaumine

J'ai des graines à foison.

— Oui, répondit le grillon,

Mais... le dirai-je, voisine?

Souvent on m'a raconté

Que vers la fin de l'été,

La cigale, ma cousine....

— Oh! fit l'autre, en vérité,

C'est toujours même rengaîne :

Depuis qu'un Jean Lafontaine

A mis cette histoire en vers,

J'ai par tout notre univers

Le renom d'une inhumaine.

Vous me croyez donc aussi

Le cœur assez endurci

Pour refuser quelque graine

A mon vieil et bon ami?

Venez, et, foi de fourmi!

Sous ma hutte hospitalière,

Vous trouverez en tout temps

Bonne mine, bonne chère,

Lit moelleux sur la fougère

Et bons soins réconfortants.

Pour Madame la Cigale

Qui de chansons nous régale

Pendant les longs jours d'été,

Du désœuvré qui la prise

Qu'elle aille, quand vient la bise,

Implorer la charité.

Je tiens que c'est injustice

De donner à ces gens-là

Le peu de bien que l'on a.

C'est encourager le vice,

Et, par excès de bonté,

Rendre à la société

Un assez mauvais service.

Un véritable bon cœur

Sait ménager sa richesse,

Et refuse à la paresse

Ce qu'il accorde au malheur.

IV

LA LIBELLULE.

A MA NIÈCE

Hier, la svelte demoiselle,

Dans son essor capricieux,

Dépouillait le tendre asphodèle

De son nectar délicieux.

Et tu disais : « Dieu! qu'elle est belle!

« Comme son vol est gracieux!

« Croirait-on pas que sur son aile

« S'épanouit l'azur des cieux? »

Mais aujourd'hui, vois, ô mon ange !

Son beau corps rouler dans la fange,

Hélas ! à tout jamais terni...

Ainsi le Mal, fange de l'âme,

Y souille à son contact infâme

Tous les trésors de l'infini !

V

L'ENFANT ET LA STÉNOGRAPHIE.

A M. JULES GRENIER,

sténographe.

Petit Louis, blond marmot de douze ans,
Le front courbé sur un affreux grimoire,
De signes inconnus rétifs à sa mémoire
      Etudiait le répertoire,
   Et murmurait entre ses dents :
« Drôle d'invention que la sténographie !
Toujours des ronds, des traits, des arcs et des accents !
Joli coup d'œil, ma foi !... Le diable, je parie,

Le grand diable d'enfer qui perdit nos parents

A fourré son nez là-dedans.

Je crois même (Dieu me pardonne!)

Que c'est Belzébuth en personne

Que ce monsieur Duployé-là.

Et pourtant... et pourtant, papa

Veut que je m'applique à cela.

Je demande un peu pourquoi faire?

Quel besoin ai-je, enfin, plus que mon cousin Pierre

Ou que le gros Jacquot, le fils de la fruitière,

D'écrire avec rapidité?

Suffit-il pas, en vérité,

De notre écriture ordinaire,

Et me dois-je par là distinguer du vulgaire? »

Ainsi disait l'enfant; et son papa

Qui s'était caché près de là,

Souriait dans sa barbe, entendant cette plainte.

Or, c'était à la fin de la semaine sainte :

Voilà Pâques qui vient avec ses rouges œufs,

Son triple carillon qui vole jusqu'aux cieux

      Et ses *alleluia* joyeux.

C'est grand'fête surtout à la ville voisine;

Tous les plaisirs y sont réunis à la fois :

Une femme sauvage, un chien qui tambourine,

Des marchands de gâteaux et des chevaux de bois,

      Et des tirs à la carabine,

Sans compter un pongo, qui jongle avec des noix

      Et pince de la mandoline.

Ce n'est pas tout encore : on annonce à grand bruit

Qu'un superbe ballon, aux abords de la nuit,

      S'élancera de la grand'place,

      Emportant à travers l'espace,

      Dans son voyage de hasard,

      Un rival du fameux Godard.

Oh! ce ballon... rêve de sa jeunesse!

Petit Louis en tremble de plaisir.

Bonheur prochain, dont il parle sans cesse!

Seul idéal que son esprit caresse !

Voir un ballon, et puis mourir !...

« Allons, viens ! dit le père, et du jarret, bonhomme !

En deux heures de marche on peut être là-bas :

Partons. — Partons ? — Eh oui ! Tu me regardes comme

Un événement ? — Mais nous ne prenons donc pas

Cocotte ? — Oh ! non, Cocotte est bien à l'écurie ;

Laissons Cocotte en repos, je te prie,

Nous irons bien à pied, mon gas.

— Mais nous irions plus vite... — Eh ! bon Dieu ! pour-
[quoi faire ?]

Quel besoin avons-nous plus que ton cousin Pierre

Ou que le gros Jacquot, le fils de la fruitière,

D'aller avec rapidité ?

Suffit-il pas, en vérité,

De marcher comme à l'ordinaire ?

Nous devons-nous par là distinguer du vulgaire ? »

Petit Louis comprit, et pleura bien un peu,

Mais le papa fut inflexible.

Force lui fut d'aller au grand soleil de Dieu,

Heurtant aux durs pavés son petit pied sensible;

Et lorsqu'il arriva, fatigué, harassé,

Le beau ballon était lancé.

VI

LA VIOLETTE.

—

A UN JEUNE MARIÉ.

—

Ami, dans ce jardin où les plus belles fleurs
Offraient à nos regards leurs brillantes couleurs,
Je t'ai vu loin des bruits d'une jeunesse folle
Porter un front pensif et des yeux sans éclair.
La Rose, avec amour entr'ouvrant sa corolle,
S'y livrait, souriante, aux caresses de l'air ;
La Tulipe y prenait des poses triomphales ;
La Jacinthe, l'Iris et l'Œillet séducteur
Étalaient à l'envi l'azur de leurs pétales

Et ces riches trésors de saphirs et d'opales
Que sur leur fin tissu sema le Créateur.

Mais toi, rêveur toujours et toujours insensible
Aux multiples attraits de ce luxe enchanteur,
Tu l'as bien su trouver, la fleur presque invisible
Qui se cachait, timide, à l'ombre du vieux mur !
Tu l'as bien su trouver, la pâle Violette !
Et jamais tu ne mis sur ton cœur de poëte
Des vertus du foyer un symbole plus pur...

VII

LES DEUX COQS.

———

Pour une poulette à l'œil noir

Deux coqs se battirent, un soir,

Dans un coin sombre de la ferme.

En pareil cas, un amoureux

Fait rarement le généreux :

On se becqueta fort et ferme.

Le premier fut percé de coups,

Le second mourut la nuit même...

— Et la poule ? me direz-vous.

— La poule ?... Elle en prit un troisième.

VIII

LES DEUX PERDRIX.

———

— Mais c'est moi qui suis le plus gras.

— Mais c'est moi qui suis la plus belle.

— Ma taille est vraiment un modèle.

— J'ai des charmes que tu n'as pas.

Ainsi perdrix, mâle et femelle,

Disputaient. Un chasseur heureux

Vous les tua toutes les deux

Et, du coup, finit leur querelle.

Petits ou grands, souvent, hélas !

Nous dépensons un temps utile

Dans une querelle futile...

Vient la Mort, qui nous met au pas.

IX

L'AIGLE ET LE DINDON.

Essai de vers pentédécasyllabiques.

Le Dindon disait à l'Aigle : « Pourquoi te voit-on toujours
Planer, seul et triste, au faîte des monts, au sein des nuages ?
Viens donc avec nous respirer en paix l'air des basses-cours :
Il y fait bon vivre, exempt de soucis et loin des orages ! »

L'Aigle répondit : « A chacun son rêve et sa volupté :
A vous, ô Dindons ! la tranquillité de la servitude ;
A nous les divins éblouissements de la solitude,
Les combats géants, les rudes amours et la Liberté !... »

X

MARGOT.

———

Loin de Jean Lapin, son grand-père,
A travers taillis et clairière,
Du serpolet à la fougère,
Jeannot trottait, trottait, trottait.

Pour Paris quittant sa chaumine,
Brillante de grâce enfantine,
Comme une reine en sa berline
Margot roulait, roulait, roulait.

Qu'arriva-t-il de la fillette ?

Fut-elle muse d'un poëte ?

Ange, ou sirène, ou noir démon ?

Un Turcaret, gros, riche et bête,

L'afficha-t-il en son salon ?

Un prince en fit-il la conquête ?

Simplement tomba-t-elle aux bras

D'un don Juan de galetas ?

Voilà ce que je ne sais guère,

Voilà ce que je ne sais pas.

Pour Jeannot, c'est une autre affaire :

Je tiens d'un véridique auteur

Qui ne dit rien à la légère,

Que lutinant de fleur en fleur,

Vrai Lovelace de bruyère,

Jeannot vivait en grand seigneur,

Donnant au diable, de bon cœur,

Les sages conseils de sa mère.

Soudain voici qu'en un sentier

Tout parfumé de centaurée,

Aux feux du soleil printanier

De loin mon Jeannot voit briller

Comme une couronne dorée

Qui se dressait sur la feuillée.

« Eh ! s'écria-t-il, qu'est ceci ?

« Une couronne en ces lieux-ci ?

« Attribut du pouvoir suprême,

« Orgueil du grand Jupin lui-même,

« Serais-tu pas tombé des cieux

« Pour orner mon front radieux ? »

Ce disant, vers le diadème

Le bout du nez il avança,

Puis il y fit passer la tête,

Puis au cou de la pauvre bête

Le beau fil d'or s'embarrassa...

Jeannot fit couic !... et trépassa.

Bonnes gens, qui venez de lire

La triste fin de mon Jeannot,

Par hasard pourriez-vous me dire
Ce qu'à Paris devint Margot ?

XI

LES DEUX ÉCREVISSES.

———

Une écrevisse

Encor novice,

Née au fond d'un ruisseau bourbeux,

Voyant passer par aventure

Un bon gros majordome à la rouge figure,

A l'abdomen majestueux,

Qui portait avec pompe, en dévot d'Épicure,

Sur un beau plateau d'or, un mets digne des cieux :

« Eh ! bon Dieu ! qu'est ceci, ma chère ?

Cria tout aussitôt notre tête légère.

« Ma chère, ne voyez-vous pas

« Comme nos sœurs sont heureuses, là-bas ?

« Sur un lit de fenouil doucement étendues,

« De la pourpre des rois superbement vêtues,

« Leur seul aspect

« Inspire le respect.

« Et nous, hélas ! honteuses, méconnues,

« Nous croupissons dans ce marais infect.

« Oh ! que ne puis-je aussi de la pourpre éclatante

« Goûter les charmes enchanteurs !

— « Enfant, répondit l'autre, enfant trop imprudente,

« Ah ! sauve-toi plutôt de ces honneurs

« Trompeurs...

« Ce brillant manteau d'écarlate,

« Dont bien à tort

« La majesté te flatte,

« Pour la gent écrevisse est un signe de mort. »

Pauvre fille de prolétaire,

Qui gardes dans ton cœur le trésor précieux

Des humbles vertus d'une mère,

Oh ! ne va pas jeter des regards envieux

Sur cette courtisane altière

Dont le luxe insolent éblouit tous les yeux.

Hier encore elle était ta compagne peut-être,

Comme toi travailleuse, obscure comme toi.

Vois-la passer, de ta fenêtre :

Superbe, elle plie à sa loi

Tous ces godelureaux que sa main tient en laisse,

Jouets qu'à son caprice elle brise ou caresse,

De la sainte Pudeur trop légitime effroi.

Elle est belle, elle est riche, elle a valets et pages ;

On vante sur le turf ses brillants équipages ;

Mais sous ses oripeaux rien ne lui bat au cœur :

Elle est morte... morte à l'honneur.

XII

LE CHARLATAN.

———

Sur un vieux char à bancs que traînaient par les rues
    Deux rosses maigres et fourbues,
    Un charlatan dépenaillé,
    Au regard morne, au teint rouillé,
    Au nez rougi par la froidure,
Mal vêtu d'un carrick d'assez triste couleur
Qui vingt ans des hivers avait subi l'injure,
    Arrachait les dents — sans douleur ! —
    Et disait la bonne aventure.
Les paysans naïfs, en cercle autour de lui,

Admiraient en silence, oyant des deux oreilles :

— Non, messieurs, disait-il, je ne viens pas ici

      Vous promettre monts et merveilles :

      Je ne sais pas tromper les gens !

Chez moi, pas de grands mots ; chez moi, pas d'artifice !

      Je ne suis — à votre service —

      Qu'un modeste arracheur de dents.

      Mais pourtant, si la Providence

Des mystères d'en haut m'a donné la science,

Dois-je aux yeux du public dérober mes talents

      Et crier : « Vive l'Ignorance ! »

      Approchez, messieurs, approchez !

Mes cartes vous diront tout ce que vous cherchez :

Le Passé qui finit, l'Avenir qui commence,

Le dictame béni propre à chaque souffrance,

Et les trésors perdus et les trésors cachés...

— Toi, dit un vieux malin, que ce beau préambule

      N'avait fait que rendre incrédule,

      Tu causes bien ; mais, par ma foi !

Tu n'auras pas un sou de moi.

Sans être sorcier, je devine

Que si tu connaissais les trésors enfouis,

Tu vivrais d'une autre cuisine,

Et l'on verrait, je m'imagine,

A tes chevaux moins triste.mine

Et moins de trous à tes habits.

XIII

PHILOSOPHIE D'UN VER DE TERRE.

A MONSIEUR MÜLLER,
Principal du collége de Meaux.

Dans le paisible cimetière
Où, sous la tombe hospitalière,
Loin des vains bruits de cette terre
Un jour reposeront mes os,
Aux chocs de la foule insensée
Quand je sens mon âme brisée,
J'aime à promener ma pensée
Parmi les ifs et les roseaux.

Là, des siècles passés évoquant la mémoire,

Au front des monuments par l'orgueil élevés

      J'en relis la lugubre histoire.

Que de hauts faits, grands dieux! sous le lierre gravés!

Que de rêves brillants dans la Mort achevés!

Ici gît... Ecoutez : l'aile de la Victoire

      A porté son nom glorieux

Aux rives que Phœbus inonde de ses feux.

Cet autre, à la tribune orateur intrépide,

Des peuples opprimés soutint toujours les droits ;

Celui-ci du pays fut l'oracle et le guide,

Et sa voix prévalut dans les conseils des rois.

Et vous, poëte aimé, doux chantre dont les belles

Redisent en pleurant les vers harmonieux ;

Et vous, fières beautés, adorables cruelles,

Qu'on vit briller un jour, comme un éclair des cieux :

Quoi donc! tant de vertus, de grâces, de génie,

Sous une froide pierre à jamais enfermés!

O Mort! Es-tu le mot final de toute vie?

N'est-il plus rien de ceux que nous avons aimés?

Ainsi dans les sombres allées

Je m'égarais, penseur oisif,

Quand deux Corbeaux, rasant les croix des mausolées,

Vinrent non loin de moi s'abattre sur un if.

Et j'écoutai leur babillage...

Car le poëte en sait plus que les grands savants :

Il possède en son cœur les secrets du langage

Que parlent les oiseaux et les petits enfants.

Il rit avec les fleurs, il cause avec les vents.

Il sait ce qu'à l'ormeau dit le cep qui l'embrasse,

Ce que disent les feux qui sillonnent l'espace,

Ce que disent les monts au nuage qui passe,

Ce que disent les mers en leurs sourds grondements.

Et j'écoutai leur babillage...

Or le premier parlait ainsi :

« Ne sens-tu pas

La bonne odeur qui se dégage

De l'antique manoir qu'on aperçoit là-bas ?

Ou je suis bien trompé, frère, ou tout nous présage

Pour cette nuit un excellent repas.

O la douce curée où la Mort nous convie !

Peut-être un fier coursier, héros de vingt combats,

L'honneur du turf et des haras,

A vu trancher le fil de son illustre vie... »

L'autre lui répondit :

« Frère, je crois plutôt

Que c'est l'odeur d'un chien qui flatte ma narine.

Peut-être il a vécu, le glorieux Rustaud,

Rustaud qui si souvent à la gent marcassine

Vint déclarer la guerre à travers nos grands bois,

Et que j'ai vu plus de cent fois

Réduire le cerf aux abois... »

Pendant qu'ils devisaient ainsi, sans amertume,

(En somme, qu'importait à leurs ventres à jeun

D'où provînt ce parfum, pourvu qu'il fût parfum ?),

Passa certaine bête à deux pattes, sans plume,

Bipède intéressant non classé par Buffon,

Face vermeille, noir costume,

Moitié prêtre, moitié bouffon,

Un fossoyeur, — s'il faut l'appeler par son nom.

Vous connaissez l'espèce : elle est peu sympathique ;

Et, sans doute, le Créateur,

Quand il pétrit leur corps du limon génésique,

Oublia d'y placer un cœur.

« Oh la ! fit celui-ci, négrots, vilaines bêtes,

Avez-vous, par hasard, l'odorat moins subtil

Que les Hiboux ou les Chouettes ?

Jamais Busard raisonna-t-il

Moins sensément que vous ne faites ?

Or apprenez, beaux damerets,

Que là, dans cette fosse, à l'ombre des cyprès,

(J'y travaillai, ma foi ! dix heures, et j'espère

Qu'on me les paîra largement),

Que là, dis-je, attendant le dernier jugement,

Dort un vaillant homme de guerre,

Maître et seigneur de cette terre,

Plus redouté de son vivant

Que n'est le grand dieu du tonnerre !

Et puis, voyez ces maîtres sots

Qui ne mettent nulle distance

Entre les plus vils animaux

Et les rois de l'humaine engeance ! »

A peine avait-il dit ces mots,

Qu'un grand Ver, qui dormait dans le froid des tombeaux,

Se mit à déployer à l'air son orbe immense,

Et rit au nez du sire, et lui tint ces propos :

« Quand aurez-vous fini de conter votre histoire,

Bonhomme ? Eh ! mais, je crois, mon cher,

Que vous êtes un fou d'établir votre gloire

Sur la dignité de la chair.

Je m'y connais un peu, je pense :

Combien de fois je fis bombance,

Au gré de mon caprice, au gré de mon besoin,

D'un sémillant marquis boursouflé d'insolence,

Ou d'un prince de la finance,

Ou d'un pauvre, mort d'indigence,

4

Ou de la bête immonde enfouie en un coin !

Eh bien ! fiez-vous-en à mon expérience :

Le mets le plus exquis dont la Mort nous fait don,

C'est l'animal humain qu'on appelle un *glouton*.

Le reste n'a pour nous aucune différence. »

Ver de terre, merci ! J'ai compris ta leçon,

Et pénétré dans ta pensée...

Non, tout n'est pas fini, quand sous la main glacée

La lyre aux cordes d'or file son dernier son ;

Non, tout n'est pas fini, quand l'âme impatiente,

Pour saisir l'Idéal dont la soif nous tourmente,

Force les murs de sa prison.

Enfants d'un siècle de folie,

En vain votre philosophie

A la race humaine dénie

De l'immortalité le précieux fardeau ;

Je laisse au tyran misérable,

A l'homme injuste et méprisable,

A ceux que le remords accable,

Cet espoir du Néant par delà le tombeau.

O toi! rentre au chaos, matière!

Poussière, retourne en poussière!

Donne un baiser aux vers de terre

Dans un hideux accouplement!

Va, tu n'es pas tout l'homme : et, libre de ses chaînes,

L'Ame, partie enfin vers les célestes plaines,

Des splendeurs du vrai Beau brille éternellement!

XIV

LES HÉRONS ET LES OISEAUX DE BASSE-COUR.

A MONSIEUR MÉDÉRIC CHAROT.

Loin des bruits de la foule obscure

Qui mange, et rumine, et triture,

Et digère en paix sa pâture,

Trois Hérons passaient d'un vol fier

A travers les plaines de l'air.

Amants de la belle nature,

Ils s'en allaient à l'aventure

Par delà les monts et les vaux,

Le bec en l'air, battant des ailes,

En quête de plages nouvelles,

En quête d'horizons nouveaux :
Au reste, quant à la pitance,
Se fiant à la providence
Du Dieu qui nourrit les oiseaux.

Or jugez si le voisinage
Fit grand haro sur leur passage !
Un imposant aréopage
Dans la basse-cour s'assembla ;
Un Dindon, grave personnage,
Pendant une heure au moins parla
Du fol esprit de ces gens-là :
« Pauvres sots, coureurs de chimères,
Qui s'en vont des célestes sphères
Pénétrer les secrets mystères,
Toujours plus haut, toujours plus loin !
Ah ! qu'il vaut mieux, Dindons, mes frères,
Dans ce paisible petit coin,
Sans éclat comme sans envie,
Couler doucement notre vie,

Livrés le soir et le matin

Aux voluptés du picotin !... »

Ainsi dit-il, et l'assemblée

Applaudit à son oraison :

La Cane en fut émerveillée ;

Dans son transport, un jeune Oison

S'écria : « Vous avez raison ! »

Bref, au nom de la gent ailée,

La Cour le proclama vengeur

De la morale violée,

Et fut une loi formulée

Contre le trio voyageur.

Cris impuissants ! fureur stérile !

Tandis que la foule imbécile

Les raille et les insulte encor,

Des trois Hérons la troupe altière

Au beau pays de la lumière

Tranquillement prend son essor !

*
* *

Dans la voie où Dieu vous engage,

O poëtes, marchez toujours !

Que vous font la haine et l'outrage

De ceux qui n'ont d'autres amours

Que le fumier des basses-cours ?

Quoi ! sous les coups de la sottise

Serait brisé votre luth d'or !

Excelsior ! Excelsior!

N'oubliez pas cette devise...

Toujours plus haut ! plus haut encor !

Excelsior ! Excelsior !

XV

LE MERLE ET LE MOINEAU

A MONSIEUR MAGNIANT
Principal du collége de Coulommiers.

J'ai lu chez un conteur antique
L'histoire invraisemblable, et pourtant véridique,
De certain petit étourneau
De moineau.
C'était (si j'en crois mon histoire)
Un assez mauvais garnement,
Maraudeur effronté, paresseux et gourmand,
Vivant au jour le jour, dormant fort bien sans gloire.

A travers les grands bois et les sentiers ombreux,

Jamais parmi les chants du peuple harmonieux

      Ne retentit sa mélodie ;

       Jamais du bosquet, sa patrie,

Par de tendres refrains, par des trilles joyeux

      Il n'éveilla l'écho silencieux.

      Bon cœur au fond, mais tête un peu légère,

      Il mettait son unique honneur

A troubler de ses cris le chat-huant rêveur

      Ou la chouette douairière,

A dévaster les champs ou les vergers en fleur,

      Riant espoir du laboureur.

Les bouvreuils l'écoutaient à cent pas à la ronde ;

A cent pas à la ronde on voyait les pinçons

S'enfuir à tire-d'aile en taisant leurs chansons :

      Il était craint de tout le monde.

      Or un vieux merle, près de là,

Vivait seul et pensif au fond d'une retraite

        Discrète.

Aux malheurs du moineau son bon cœur se troubla,

Et quand tous le fuyaient, lui seul il l'appela.

« Vous êtes, lui dit-il, plus léger que coupable,

Et l'heure est toujours prête aux esprits repentants.

Croyez-moi : revenez à d'autres sentiments ;

   Ne prolongez pas plus longtemps

   Cette existence déplorable.

Soumis sans murmurer à la loi du devoir,

Entendez du travail l'enseignement austère.

Soyez utile à tous, selon votre pouvoir :

   Chacun, dans sa modeste sphère,

   A toujours quelque bien à faire.

Eh ! peut-on demander au faible passereau

De braver le vautour ou l'aigle dans son aire ?

Moineau vous êtes né, vous resterez moineau.

   Du moins, plus actif et plus sage,

Aux champs où vous vivez donnez des soins pieux,

   Au lieu d'y porter le ravage.

Ainsi parla le merle, et l'autre, tout joyeux,

D'accepter un tel patronage.

Le voilà soudain à l'ouvrage :

De la patte et du bec il travaille à la fois,

Déclare une guerre implacable

Aux charançons des blés, aux termites des bois,

Race toujours nombreuse et toujours exécrable.

Aussi zélé qu'impitoyable,

Il est partout, voit tout, arrache avec ardeur

La nielle naissante et l'ivraie en sa fleur.

Le vieux merle, ravi de la métamorphose

Dont lui-même est la cause,

Poursuit son œuvre, et croyez bien

Que pour la couronner il ne négligea rien.

Grâce aux sages conseils de sa bonté féconde,

Le volage eut, en moins d'un mois,

Quitté sa vie errante et vagabonde,

Et même on l'entendit parfois

Au chœur universel mêler son humble voix.

Aussi fut-il bientôt aimé de tout le monde ;

Les bouvreuils lui riaient à cent pas à la ronde,

A cent pas à la ronde on voyait les pinçons
Gaîment le saluer en chantant leurs chansons.

O mes chers petits fous, race trop adorable,
Enfants ! N'êtes-vous pas le moineau de ma fable ?
Votre âge a ses défauts, et vous le savez bien.
Votre âge a ses défauts : c'est chose inévitable,
Et les plus beaux discours n'y serviront de rien.
Mais quoi ! si vous riez, faut-il semer l'alarme ?
Faut-il désespérer et jeter les hauts cris,
Si vos cheveux sont blonds quand les nôtres sont gris ?
Laissez dire les sots : la jeunesse a son charme ;
Laissez dire les vieux : la jeunesse a son prix.
Pour moi, qui d'un censeur n'ai point le ton sévère,
            Comme le merle solitaire
Puissé-je dans la vie aider vos pas tremblants,
            Mêlant toujours avec prudence
            Un peu de mon expérience
            A la gaîté de vos quinze ans !

Je vous aime, ô Jeunesse ! — et c'est ma récompense !

Je crois en vous ! — par là seront bénis mes chants :

Car vous portez au front la devise : ESPÉRANCE !

Car vous portez au cœur le grand mot : SOUVENIR !

      Et vous aimer, c'est aimer notre France,

      Et croire en vous, c'est croire en l'Avenir !

ÉPILOGUE

SOUS FORME DE TRIOLET

AU LECTEUR

Les longs ouvrages me font peur,
Et je borne ici ma carrière;
Comme à Jean, mon maître, ô lecteur !
Les longs ouvrages me font peur.
Si de vous agréer j'ai l'heur,
Faire plus ne m'est nécessaire :
Les longs ouvrages me font peur,
Et je borne ici ma carrière.

TABLE

Coulommiers. — Typogr. Albert Ponsot et P. Brodard.

COULOMMIERS. — TYP. ALBERT PONSOT ET P. BRODARD.

www.ingramcontent.com/pod-product-compliance
Lightning Source LLC
Chambersburg PA
CBHW060804180626

46818CB00002B/690